I0526959

www.ingramcontent.com/pod-product-compliance
Lightning Source LLC
Chambersburg PA
CBHW041546240626
47164CB00003B/141
9789176374948

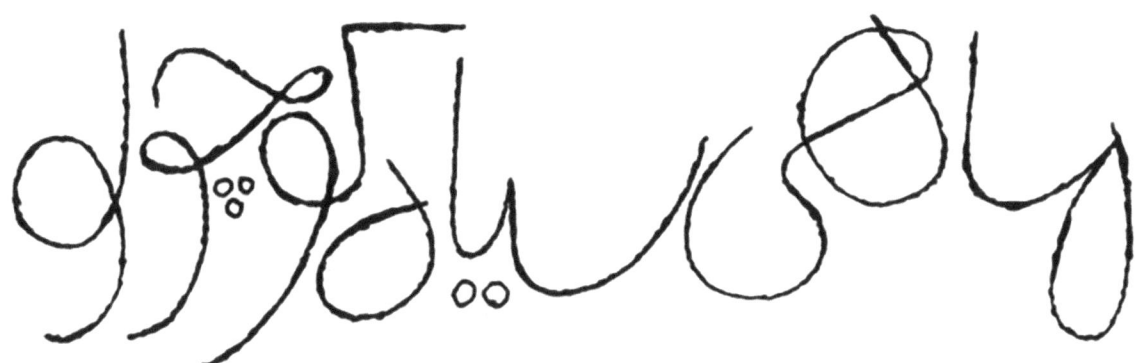

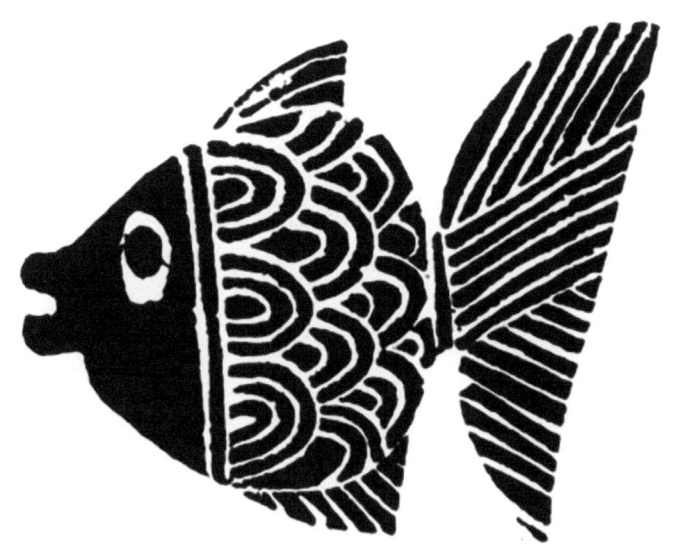

ماهی سیاه کوچولو

نوشته‌ی بهرنگ

نقاشی از فرشید مثقالی

ماهی سیاه کوچولو

نوشته‌ی صمد بهرنگی (بهرنگ)

نقاشی از فرشید مثقالی

بازچاپ اوّل توسط گروه انتشارات آزاد ایران در خارج از ایران ۲۰۱۷

در سوئد و حوزه‌ی کشورهای کنوانسیون بِرنه

ISBN-13: 978-91-7637-494-8

Only for distribution in countries signatory of the Berne Copyright Convention

This reprint is produced and published by *Iran Open Publishing* 2017

Iran Open Publishing is an Imprint of *Wisehouse Publishing* (Sweden)

www.wisehouse-publishing.com

Contact: info@wisehouse-publishing.com

سازمان انتشارات

کانون پرورش فکری کودکان و نوجوانان

خیابان تخت‌طاووس، خیابان جم، شماره ۳۱، تهران

چاپ اول، مردادماه ۱۳۴۷

چاپ نهم، فروردین ماه ۱۳۵۷

چاپ دهم، دی ماه ۱۳۵۷

کلیه‌ی حقوق محفوظ است

شب چلّه بود. تهِ دریا ماهی پیر دوازده‌هزار تا از بچّه‌ها و نوه‌هایش را دورِ خودش جمع کرده بود و برای آن‌ها قصه می‌گفت:

«یکی بود یکی نبود. یک ماهی سیاه کوچولو بود که با مادرش درجویباری زندگی می‌کرد. این جویبار از دیواره‌های سنگیِ کوه، بیرون می‌زد و تهِ دَرّه روان می‌شد.

خانه‌ی ماهی کوچولو ومادرش پشتِ سنگِ سیاهی‌بود؛ زیرسقفی‌ازخَزه. شب‌ها، دوتایی زیرخزه‌ها می‌خوابیدند. ماهی کوچولو حَسرَت به‌دلش مانده بود که، یک دفعه هم که شده، مهتاب را توی خانه‌شان ببیند!

مادر و بچّه، صبح تا شام، دُنبالِ همدیگر می‌افتادند و گاهی‌هم قاطیِ ماهی‌های دیگر می‌شدند و تُندتُند، تو یک‌تکه جا، می‌رفتند و برمی‌گشتند. این بچه، یکی‌یک دانه بود - چون از ده‌هزار تخمی که مادر گذاشته بود، تنها همین یک بچه، سالم درآمده بود.

چند روزی بود که ماهی کوچولو توفکر بود وخیلی کم حرف می‌زد. با تَنبلی و بی‌میلی، ازاین‌طرف به‌آن‌طرف می‌رفت و برمی‌گشت و بیشتر وقت‌هاهم‌از مادرش عقب می‌افتاد.

مادر، خیال می‌کرد بچه‌اش کِسالتی دارد که به‌زودی برطرف خواهد شد، اما نگو که دردِ ماهی‌سیاه، ازچیز دیگری‌ست!

یک روز صبحِ زود، آفتاب نزده، ماهی کوچولو مادرش را بیدار کرد و گفت: «مادر! می‌خواهم با تو چند کلمه‌یی حرف بزنم».

مادر، خواب‌آلود، گفت: «بچه جون! حالا هم وقت گیر آوردی! حرفت را بگذار برای بعد، بهتر نیست برویم گردش؟»

ماهی کوچولو گفت: «نه مادر، من دیگر نمی‌توانم گردش کنم. باید از اینجا بروم.»

مادرش گفت: «حتماً باید بروی؟»

ماهی کوچولو گفت: «آره مادر، باید بروم.»

مادرش گفت: «آخر، صبحِ به این زودی، کجا می‌خواهی بروی؟»

ماهی سیاهِ کوچولو گفت: «می‌خواهم بروم ببینم آخرِ جویبار کجاست. می‌دانی مادر! من ماه‌هاست تو این فکرم که آخرِ جویبار کجاست و هنوز که هنوز است، نتوانسته‌ام چیزی سر دربیاورم. از دیشب تا حالا، چشم به هم نگذاشته‌ام و همه‌اش فکر کرده‌ام؛ آخرش هم تصمیم گرفتم خودم بروم آخرِ جویبار را پیدا کنم. دلم می‌خواهد بدانم جاهای دیگر، چه خبرهایی هست.»

مادر، خندید و گفت: «من هم وقتی بچه بودم، خیلی از این فکرها می‌کردم. آخر جانم! جویبار که اول و آخر ندارد، همین است که هست! جویبار همیشه روان است و به هیچ جایی هم نمی‌رسد.»

ماهی سیاهِ کوچولو گفت: «آخر مادر جان! مگر نه اینست که هر چیزی به آخر می‌رسد؟ شب به آخر می‌رسد، روز به آخر می‌رسد؛ هفته، ماه، سال....»

مادرش میانِ حرفش دوید و گفت: «این حرف‌های گُنده گُنده را بگذار

کنار ، پاشو برویم گردش . حالا موقع گردش ست نه این حرف‌ها ! »

ماهی‌سیاه‌کوچولو گفت:« نه مادر، من دیگر از این گردش‌ها خسته‌شده‌ام ، می‌خواهم راه بیُفتم و بروم ببینم جاهای دیگر چه خبرهایی هست . ممکن ست فکر کنی که‌یک‌کسی این حرف‌ها را به‌ماهی کوچولو یاد داده ، اما بدان که من ، خودم خیلی وقت‌ست دراین فکرم . البته خیلی چیزهاهم ازاین وآن یادگرفته‌ام ؛ مثلا این را فهمیده‌ام که بیشترِ ماهی‌ها،موقع پیری شکایت می کنند که زندگیشان را بیخودی تلف کرده‌اند . دایم ناله ونفرین می کنند و ازهمه چیز شکایت دارند . من می‌خواهم بدانم که،راستی راستی،زندگی یعنی اینکه تو یک تکه‌جا،هِی بروی و برگردی، تا پیر بشوی و دیگر هیچ ، یا اینکه طور دیگری هم توی دنیا می‌شود زندگی کرد؟ .... »

وقتی حرف ماهی کوچولو تمام شد ، مادرش گفت : « بچه جان !مگر به‌سرت‌زده ؟ دنیا !... دنیا ! دنیا دیگر یعنی چه ؟ دنیا همین جاست که ما هستیم ، زندگی هم همین‌ست که ما داریم ... »

دراین‌وقت،ماهیِ بزرگی به‌خانه‌ی‌آن‌ها نزدیک شد و گفت :« همسایه! سَرِچی با بچه‌ات بِگو مَگو می کنی ، انگار امروز خیالِ گردش کردن ندارید ؟ »

مادرِ ماهی،به‌صدای همسایه،ازخانه بیرون‌آمد و گفت : «چه سال‌و زمانه‌یی شده ! حالا دیگر بچه‌ها می‌خواهند به‌مادرهاشان چیز یاد بدهند ! »

همسایه گفت : « چطور مگر ؟ »

مادر ماهی گفت : « ببین این نیم‌وجبی کجاها می‌خواهد برود! دایم می گوید می‌خواهم بروم ببینم دنیا چه خبرست ! چه حرف‌های گُنده‌گُنده‌یی ! »

همسایه‌گفت :« کوچولو! ببینم تو از کی تاحالا عالِم و فیلسوف شده‌یی و مارا

خبر نکرده‌یی ؟! »

ماهی کوچولو گفت : « خانم ! من نمی‌دانم شما «عالِم و فیلسوف» به چه می‌گویید . من فقط از این گردش‌ها خسته شده‌ام و نمی‌خواهم به این گردش‌های خسته‌کننده ادامه بدهم و اَلکی خوش باشم، و یک دفعه چشم باز کنم ببینم مثل شماها پیر شده‌ام و هنوز هم، همان ماهیِ چشم و گوش بسته‌ام که بودم . »

همسایه گفت : « وا !... چه حرف‌ها ! »

مادرش گفت : « من هیچ فکر نمی‌کردم بچه‌ی یکی‌یک‌دانه‌ام اینطوری از آب دربیاید ، نمی‌دانم کدام بدجنسی زیرِ پایِ بچه‌ی نازنینم نشسته ! »

ماهی کوچولو گفت : « هیچ‌کس زیر پای من ننشسته . من خودم عقل و هوش دارم و می‌فهمم ، چشم دارم و می‌بینم . »

همسایه به مادرِ ماهی کوچولو گفت : « خواهر ! آن حلزون پیچ‌پیچیه، یادت می‌آید ؟»

مادر گفت : « آره خوب گفتی ، زیاد پاپیِ بچه‌ام می‌شد . بگویم خدا چکارش کند ! »

ماهی کوچولو گفت : « بس کن مادر ! او رفیقِ من بود . »

مادرش گفت : « رفاقتِ ماهی و حلزون ، دیگر نشنیده بودیم ! »

ماهی کوچولو گفت : « من هم دشمنیِ ماهی و حلزون نشنیده بودم ، اما شماها سرِ آن بیچاره را زیرِ آب کردید . »

همسایه گفت : « این حرف‌ها مال گذشته‌است . »

ماهی کوچولو گفت : « شما خودتان حرف گذشته را پیش کشیدید. »

مادرش گفت: «حقش بود بکُشیمِش؛ یادت رفته اینجا و آنجا که می‌نشست چه حرف هایی می‌زد؟»

ماهی کوچولو گفت: «پس مرا هم بکشید، چون من هم همان حرف‌ها را می‌زنم» چه دردسرتان بدهم! صدای بِگو مَگو، ماهی‌های دیگر را هم به آنجا کشاند. حرف های ماهی کوچولو، همه‌را عصبانی کرده بود. یکی از ماهی پیره‌ها گفت:

«خیال کرده‌یی به تو رحم هم می کنیم؟»

دیگری گفت: «فقط یک گوشمالیِ کوچولو می‌خواهد!»

مادر ماهی‌سیاه گفت: «بروید کنار! دست به بچه‌ام نزنید!»

یکی دیگر از آن ها گفت: «خانم! وقتی بچه‌ات را، آنطور که لازم‌ست، تربیت نمی کنی، باید سزایش را هم ببینی.»

همسایه گفت: «من که خجالت می‌کشم در همسایگی شما زندگی کنم.»

دیگری گفت: «تا کارش به جاهای باریک نکشیده، بفرستیمش پیش حلزون‌پیره.»

ماهی‌ها تا آمدند ماهی سیاهِ کوچولو را بگیرند، دوستانش او را دوره کردند و از معرکه بیرونش بردند. مادر ماهی‌سیاه توی سر و سینه‌اش می‌زد و گریه می کرد و می گفت:

«وای! بچه‌ام دارد از دستم می‌رود، چکار کنم! چه خاکی به سرم بریزم!»

ماهی کوچولو گفت: «مادر! برای من گریه نکن، به‌حال این پیرماهی‌های درمانده گریه کن.»

یکی از ماهی‌ها از دور داد کشید : « توهین نکن، نیم وجبی! »

دومی گفت : « اگر بِرَوی و بعدش پشیمان بشوی ، دیگر راهت نمی‌دهیم! »

سومی گفت : « این‌ها هوس‌های دوره‌ی جوانیست ، نرو ! »
چهارمی گفت : « مگر اینجا چه عیبی دارد ؟ »

پنجمی گفت : « دنیای دیگری در کار نیست ؛ دنیا همین جاست ، برگرد ! »

ششمی گفت : « اگر سر عقل بیایی و برگردی ، آنوقت باورمان می‌شود که راستی راستی ماهی فهمیده‌یی هستی. »

هفتمی گفت : « آخر ما به‌دیدن تو عادت کرده‌ایم ... »

مادرش گفت : « به من رحم کن ، نرو ! نرو ! »

ماهی کوچولو دیگر با آن‌ها حرفی نداشت. چند تا از دوستان هم‌سن و سالش او را تا آبشار همراهی کردند و از آنجا برگشتند . ماهی کوچولو وقتی از آن‌ها جدا می‌شد، گفت : « دوستان ، به‌امید دیدار ! فراموشم نکنید . »

دوستانش گفتند : « چطور می‌شود فراموشت کنیم ؟ تو ما را از خوابِ خرگوشی بیدار کردی ، به‌ما چیزهایی یاددادی که پیش از این حتّی فکرش را هم نکرده بودیم . به‌امید دیدار ، دوستِ دانا و بی‌باک ! »

ماهی کوچولو از آبشار پایین آمد و افتاد توی یک برکه‌ی پُر آب. اوّلش دست و پایش را گم کرد، امابعد شروع کرد به‌شنا کردن و دورِ برکه گشت زدن. تا آنوقت ندیده‌بود که آنهمه آب، یکجا جمع بشود . هزارها کفچه‌ماهی توی آب وُول می‌خوردند . ماهی سیاه کوچولو را که دیدند ، مسخره‌اش کردند و گفتند : « ریختش را باش ! تو دیگر چه موجودی هستی ؟ »

ماهی، خوب وراندازشان کرد و گفت : « خواهش می کنم توهین نکنید . اسمِ من ماهی سیاه کوچولو است . شما هم اسمتان را بگویید تا با هم آشنا بشویم . »

یکی از کفچه‌ماهی‌ها گفت : « ما همدیگر را کفچه‌ماهی صدا می‌کنیم . »

دیگری گفت : « دارای اُصل ونَسَب . »
دیگری گفت : « ازما خوشگل‌تر، تو دنیا پیدا نمی‌شود . »
دیگری گفت : « مثل تو بی‌ریخت وبدقیافه نیستیم . »
ماهی گفت : « من هیچ خیال نمی کردم شما اینقدرخودپسند باشید . باشد ، من شمارا می‌بخشم، چون این‌حرف‌ها را ازروی‌ِ نادانی می‌زنید . »
کفچه‌ماهی‌ها، یکصدا ، گفتند : « یعنی ما نادانیم ؟ »
ماهی گفت : « اگر نادان‌نبودید،می‌دانستید در دنیا خیلی‌های دیگر هم هستند که ریختشان برای خودشان، خیلی هم خوشایند است ! شما حتّی اسمتان هم مالِ خودتان نیست . »
کفچه‌ماهی‌ها خیلی عصبانی شدند ، امّا چون دیدند ماهی کوچولو راست‌ می گوید ، ازدرِ دیگر درآمدند و گفتند :
« اصلا تو بیخود به‌در و دیوارمی‌زنی ! ما هرروز، از صبح تا شام، دنیا را می گردیم ، اما غیرازخودمان وپدر ومادرمان، هیچکس‌را نمی‌بینیم ـ مگر کرم‌های ریزه، که آن‌ها هم به‌حساب نمی‌آیند ! »
ماهی گفت : « شما که نمی‌توانید از بِرکه بیرون بروید، چطور از دنیا‌ـ‌گَردی دَم می‌زنید ؟ »
کفچه‌ماهی‌ها گفتند : « مگر غیر ازبرکه، دنیای دیگری هم داریم؟»
ماهی گفت: «دست‌ِکم، بایدفکر کنید که این آب ازکجا به‌اینجا می‌ریزد وَخارج ازآب، چه چیزهایی هست . »
کفچه ماهی‌ها گفتند: « خارج از آب ، دیگر کجاست ؟ ما که هرگز خارج از آب را ندیده‌ایم ! هاها .. ها ها .. به سرت زده بابا ! »

ماهی سیاه کوچولو هم خنده‌اش گرفت. فکر کرد که بهتر ست کفچه ماهی‌ها را به‌حال‌خودشان بگذارد و برود. بعد فکر کرد بهتر ست با مادرشان هم دو کلمه‌یی حرف بزند، پرسید: «حالا مادرتان کجاست؟»

ناگهان صدای زیر قورباغه‌یی اورا ازجا پراند.

قورباغه‌لب بِرکه، روی سنگی نشسته بود، جست زد توی‌آب و آمد پیش ماهی و گفت:

«من اینجام، فرمایش؟»

ماهی گفت: «سلام، خانم‌بزرگ!»

قورباغه گفت: «حالاچه وقتِ خودنمایی ست، موجودِ بی‌اَصل ونَسَب! بچّه‌گیر آورده‌یی وداری حرف‌های گُنده گُنده می‌زنی! من دیگر آنقدرها عمر کرده‌ام که بِفهمم دنیا همین بِرکه ست. بهترست بروی دنبال کارَت وَ بچه های مرا ازراه‌به‌دَر نبری.»

ماهی کوچولو گفت: «صدتا ازاین عمرها هم که بکنی، باز هم یک قورباغه‌ی نادان و درمانده بیشتر نیستی.»

قورباغه عصبانی شد و جست زد طرف ماهی سیاه کوچولو، ماهی تکان تُندی خورد و مثلِ برق دَر رفت و لای و لَجَن و کرم‌های تَهِ برکه را به‌هم زد.

دره پُرازپیچ وخم بود، جویبارهم آبش چندبرابرشده‌بود، اما اگرمی‌خواستی از بالای کوه‌ها تَه‌ِدَرّه را نگاه کنی، جویبار را مثل نخ سفیدی می‌دیدی. یک جا تخته سنگِ بزرگی از کوه جدا شده بود و افتاده بود ته دره، و آب را دو قسمت کرده بود. مارمولکِ درشتی، به اندازه‌ی کفِ دست، شکمش را به‌سنگ چسبانده بود، از گرمی آفتاب لذّت می‌برد و نگاه می‌کرد به خرچنگِ گرد و درشتی که نشسته

بود روی شن‌های تهِ آب ، آنجا که عُمقِ آب کمتر بود، وَ داشت قورباغه‌یی را که شکار کرده بود می‌خورد . ماهی کوچولو ناگهان چشمش افتاد به خرچنگ و ترسید ؛ از دور سلامی کرد . خرچنگ ، چَپ چَپ به او نگاهی کرد و گفت :

« چه ماهی با ادبی ! بیا جلو کوچولو ، بیا ! »

ماهی کوچولو گفت: «من می‌روم دنیا را بِگردم، وهیچ هم نمی‌خواهم شکارِ جنابعالی بشوم!»

خرچنگ گفت: «تو چرا اینقدر بدبین وتَرسویی، ماهی کوچولو؟»

ماهی گفت: «من نَه بدبینم و نَه ترسو. من هرچه راکه چشمم می‌بیند و عقلم می‌گوید، به زبان می‌آورم.»

خرچنگ گفت: «خوب، بفرمایید ببینیم چشمِ شما چه دید و عقلتان چه گفت که خیال کردید ما می‌خواهیم شمارا شکار کنیم؟»

ماهی گفت: «دیگر خودت را به‌آن راه نزن!»

خرچنگ گفت: «منظورت قورباغه‌ست؟ تو هم که پاک بچّه شدی، بابا! من با قورباغه‌ها لَجَم و برای همین شکارشان می‌کنم؛ می‌دانی، این‌ها خیال می‌کنند تنها موجود دنیا هستند، و خوشبخت هم هستند، و من می‌خواهم بهشان بفهمانم که دنیا واقعاً دست کیست! پس تو دیگر نترس جانم، بیاجلو، بیا!»

خرچنگ این حرف‌ها را گفت و پَس-پَسَکی، راه افتاد طرف ماهی کوچولو. آنقدر خنده دار راه می‌رفت که ماهی، بی‌اختیار، خنده‌اش گرفت و گفت:

«بیچاره! تو که هنوز راه رفتن بلد نیستی، از کجا می‌دانی دنیا دست کیست؟»

ماهی سیاه از خرچنگ فاصله گرفت. سایه‌یی بر آب افتاد و ناگهان، ضربه‌ی محکمی خرچنگ را توی شن‌ها فرو کرد. مارمولک از قیافه‌ی خرچنگ چنان خنده‌اش گرفت که لیز خورد و نزدیک بود خودش هم بیُفتد توی آب. خرچنگ، دیگر نتوانست بیرون بیاید. ماهی کوچولو دید پسر بچّه‌ی چوپانی لَبِ آب ایستاده و به او و خرچنگ نگاه می‌کند. یک گلّه بُز و گوسفند به‌آب نزدیک شدند و پوزه‌هایشان را در آب فرو کردند. صدای مَع‌مَع و بَع‌بَع، درّه را پُر کرده بود.

ماهی سیاه کوچولو آنقدر صبر کرد تا بزها
و گوسفندها آبشان را خوردند و رفتند، آنوقت
مارمولک را صدا زد و گفت :
«مارمولک جان! من ماهیِ سیاهِ کوچولویی
هستم که می‌روم آخرِ جویبار را پیدا کنم ، فکر‌
می‌کنم تو جانور عاقل و دانایی باشی ،
اینست که می‌خواهم چیزی از تو بپرسم .»
مارمولک گفت : « هرچه می‌خواهی
بپرس .»

ماهی گفت: «در راه، مرا خیلی از مرغِ سَقّا و اَرّه‌ماهی و پرنده‌ی ماهیخوار می‌ترساندند، اگر تو چیزی درباره‌ی این‌ها می‌دانی، به‌من بگو.»

مارمولک گفت: «اَرّه‌ماهی و پرنده‌ی ماهیخوار، این طرف‌ها پیداشان نمی‌شود- مخصوصاً اره‌ماهی که‌توی دریا زندگی می‌کند- اماسقائک، همین پایین‌ها هم‌ممکن-ست باشد؛ مبادا فَریبش را بخوری و توی کیسه‌اش بروی.»

ماهی گفت: «چه کیسه‌یی؟»

مارمولک گفت: «مرغ‌سقّا زیر گردنش کیسه‌یی دارد که خیلی آب می‌گیرد. او در آب شنا می‌کند و گاهی ماهی‌ها، ندانسته، واردِ کیسه‌ی او می‌شوند و یکراست می‌روند توی شکمش. البته اگر مرغ سقّا گُرسنه‌اش نباشد، ماهی‌ها را در همان کیسه ذَخیره می‌کند که بعد بخورد.»

ماهی گفت: «حالا اگر ماهی وارد کیسه شد، دیگر راهِ بیرون آمدن ندارد؟»

مارمولک گفت: «هیچ راهی نیست، مگر اینکه کیسه‌را پاره کند. من خنجری به‌تو می‌دهم که اگر گرفتار مرغ سقّا شدی، این کاررا بکنی.»

آنوقت، مارمولک توی شکافِ سنگ خَزید و با خنجرِ بسیار ریزی، برگشت. ماهی کوچولو خنجر را گرفت و گفت: «مارمولک جان! تو خیلی مهربانی، من نمی‌دانم چطوری از تو تشکر کنم.»

مارمولک گفت: «تشکر لازم نیست جانم! من از این خنجرها خیلی دارم؛ وقتی بیکار می‌شوم، می‌نشینم از تیغِ گیاه‌ها خنجر می‌سازم و به‌ماهی‌های دانایی مثل تو می‌دهم.»

ماهی گفت: «مگر قبل از من هم ماهی‌یی از اینجا گذشته؟»

مارمولک گفت: «خیلی‌ها گذشته‌اند! آن‌ها حالا دیگر برای خودشان دسته‌یی

شده‌اند و مرد ماهیگیر را به‌تنگ آورده‌اند . »

ماهی‌سیاه گفت : « می بخشی که‌حرف، حرف می‌آورد، اگر به‌حسابِ فضولیَم نمی گذاری، بگو ببینم ماهیگیر را چطور به‌تنگ آورده‌اند ؟ »

مارمولک گفت : «آخر، نَه که باهَمَند ، همینکه ماهی‌گیر تور انداخت ؛ وارد تور می‌شوند و تور را باخودشان می‌کِشند ومی‌برند تَهِ دریا . »

مارمولک گوشش را گذاشت روی شکافِ سنگ و گوش‌داد و گفت :« من دیگر مُرَخّص می‌شوم ؛ بچه‌هایم بیدارشده‌اند . »

مارمولک رفت توی شکافِ سنگ وماهی‌سیاه، ناچار، راه‌افتاد؛ اماهمینطور سؤال پشتِ‌سَرِ سؤال بود که دایم ازخودش‌می کرد: ببینم، راستی جویبار به‌دریا می‌ریزد ؟ نکند که سقائک زورش به‌من برسد ؟راستی، ارّه‌ماهی دلش می‌آید هم‌جنس‌های خودش‌را بکشد و بخورد ؟ پرنده‌ی ماهیخوار، دیگر چه دشمنی‌یی با ما دارد ؟

ماهی کوچولو، شناکنان، می رفت وفکر می کرد . درهر وجبْ راه، چیز تازه‌یی می‌دید و یاد می گرفت . حالا دیگر خوشش می‌آمد که، مُعلّق‌زنان، از آبشارها پایین‌بیفتد و باز شنا کند . گرمیِ آفتاب را بَرپُشتِ‌خود، حس می کرد و قوّت می گرفت .

یک جا آهویی با عَجَله آب می‌خورد . ماهی کوچولو سلام کرد و گفت :

« آهو خوشگله! چه عجله‌یی داری ؟ »

آهو گفت : «شکارچی‌دنبالم کرده ، یک گلوله‌هم بهم‌زده ؛ ایناهاش . »

ماهی کوچولو جای گلوله را ندید؛ امّا از لَنگ‌لَنگان دویدنِ آهو، فهمید که راست می‌گوید. یک‌جا لاک‌پشت‌ها در گرمای آفتاب چُرت می‌زدند و جای دیگر، قهقهه‌ی کبک‌ها توی دره می‌پیچید. عطرِ علف‌های کوهی در هوا موج می‌زد و قاطیِ آب می‌شد.

بعد از ظهر به‌جایی رسید که دره، پهن می‌شد و آب از وسط بیشه‌یی می‌گذشت.

آب آنقدر زیاد شده بود که ماهی سیاه، راستی راستی، کیف می کرد! بعدهم به ماهی های زیادی برخورد ـ از وقتی که از مادرش جدا شده بود ، ماهی ندیده بود . چندتا ماهی ریزه دورش را گرفتند و گفتند : « مثل اینکه غریبه یی ، ها ؟ »

ماهی سیاه گفت : « آره ، غریبه ام ؛ از راه دوری می آیم . »

ماهی ریزه‌ها گفتند: «کجا می‌خواهی بروی؟»
ماهی‌سیاه گفت: «می‌روم آخرِ جویبار را پیدا کنم.»
ماهی ریزه‌ها گفتند: «کدام جویبار؟»
ماهی‌سیاه گفت: «همین‌جویباری که توی آن شنا می کنیم.»
ماهی ریزه‌ها گفتند: «ما به‌این می گوییم رودخانه.»
ماهی‌سیاه چیزی نگفت. یکی ازماهی‌های ریزه گفت: «هیچ می‌دانی مرغِ سقّا نشسته سرراه؟»
ماهی‌سیاه گفت: «آره، می‌دانم.»
یکی دیگر گفت: «این راهم می‌دانی که مرغ سقّا چه‌کیسه‌ی گَل و گُشادی دارد؟»

ماهی‌سیاه گفت: «این را هم می‌دانم.»
ماهی‌ریزه گفت: «با اینهمه،باز می‌خواهی بروی؟»
ماهی‌سیاه گفت: «آره، هرطوری شده باید بروم!»
به‌زودی میان ماهی‌ها چوافتاد که:ماهی سیاهِ کوچولویی از راه‌های دور آمده ومی‌خواهد برودآخررودخانه را پیدا کند وهیچ‌ترسی‌هم ازمرغ سقّا ندارد! چندتا از ماهی‌ریزه‌ها وَسوَسه شدندکه با ماهی‌سیاه بروند؛اما از ترسِ بزرگترها صداشان درنیامد.چندتاهم گفتند:«اگر مرغِ‌سقّا نبود،باتو می‌آمدیم؛ ما از کیسه‌ی مرغ سقّا می‌ترسیم.»

لبِ رودخانه دِهی بود. زنان و دخترانِ ده توی رودخانه ظرف و لباس می شستند. ماهی کوچولو مدتی به‌هَیاهوی آن‌ها گوش داد و مدتی هم آب‌تنیِ بچه‌هارا تماشا کرد و راه افتاد. رفت و رفت ورفت،و باز هم رفت،تا شب شد. زیرِ

سنگی گرفت خوابید . نصف شب بیدار شد و دید ماه، توی آب افتاده و همه‌جا را روشن کرده.

ماهی‌سیاه کوچولو ماه را خیلی‌دوست داشت . شب‌هایی که ماه‌توی‌آب می‌افتاد، ماهی دلش می‌خواست از زیر خَزه‌ها بیرون بِخَزَد و چندکلمه‌یی‌بااوحرف بزند ، اما هردفعه،مادرش بیدار می‌شد واورا زیر خزه‌ها می‌کشید و دو باره می‌خواباند .

ماهی کوچولو پیش‌ماه رفت و گفت : «سلام ، ماه خوشگلم !»

ماه گفت : « سلام ، ماهی‌سیاه کوچولو ! توکجا،اینجاکجا ؟»

ماهی گفت : « جهانگَردی می کنم .»

ماه گفت : « جهان خیلی بزرگ‌ست ، تو نمی‌توانی همه‌جا را بِگَردی .»

ماهی گفت : « باشد ، هرجا که توانستم،می‌روم . »

ماه گفت : « دلم می خواست تا صبح پیشِت بمانم ، امّا اَبر سیاهِ بزرگی دارد می‌آید طرف من که جلو نورم‌را بگیرد . »

ماهی گفت: « ماه قشنگ ! من نور تراخیلی‌دوست دارم ،دلم می‌خواست همیشه روی من بتابد . »

ماه گفت : « ماهی جان ! راستش،من خودم نور ندارم ، خورشید به‌من نور می‌دهد و من‌هم‌آن‌را به‌زمین‌می‌تابانم . راستی‌توهیچ شنیده‌یی که‌آدم‌ها می‌خواهند تاچند سال دیگر پرواز کنند بیایند روی من بنشینند ؟»

ماهی گفت : « این غیرممکن‌ست . »

ماه گفت : «کار سختی ست،ولی آدم‌ها هرکار دلشان بخواهد ... »

ماه نتوانست حرفش‌را تمام کند. ابرسیاه‌رسید ورویش‌را پوشاند وشب،دوباره ، تاریک‌شد وماهی‌سیاه،تَک وتنها ماند . چندد‌قیقه،مات‌ومُتِحَیِّر،تاریکی‌رانگاه کرد ،

بعد، زیر سنگی خزید و خوابید.

صبحِ زود بیدار شد، بالای سرش چند تا ماهی‌ریزه دید که با هم پِچ پِچ می‌کردند. تا دیدند ماهی‌سیاه بیدار شد، یکصدا گفتند: «صبح به‌خیر!»

ماهی سیاه زود آن‌ها را شناخت و گفت: «صبح به‌خیر! بالاخره دنبال من راه افتادید!»

یکی از ماهی‌های ریزه گفت: «آره، اما هنوز ترسمان نریخته.»

یکی دیگر گفت: «فکرِ مرغ سقا راحتمان نمی‌گذارد.»

ماهی‌سیاه گفت : « شما زیادی فکر می‌کنید . همه‌اش که نباید فکر ـ
کرد . راه که بیفتیم ، تَرسِمان به‌کلّی می‌ریزد . »

اما تا خواستند راه بیفتند،دیدند که آبِ دور و بَرِشان بالا آمد
و سَرپوشی روی سرشان گذاشته شد و همه‌جا تاریک شد و راهِ گُریزی
هم نماند . ماهی سیاه فوری فهمید که توی کیسه‌ی مرغِ سقّا گیر افتاده‌اند
.

ماهی‌سیاه کوچولو گفت : «دوستان! ماتوی کیسه‌ی مرغ سقّا گیر افتاده‌ایم ؛ اما راه فرارهم به‌کلّی بسته نیست.»

ماهی ریزه‌ها شروع کردند به گریه‌و زاری ، یکیشان گفت :

« ما دیگر راه فرار نداریم . تقصیر توست که زیر پای ما نشستی وما را ازراه‌دَربردی !»

یکی دیگر گفت : «حالا همه‌ی ما را قورت می‌دهد و دیگر کارمان تمام‌ست !»

ناگهان صدای قَهقَهه‌ی تَرسناکی در آب پیچید ؛ این مرغ‌سقّا بود که می‌خندید ، می‌خندید و می گفت :

«چه‌ماهی ریزه‌هایی گیرم آمده ! هاهاهاها... راستی که دلم برایتان می‌سوزد! هیچ دلم نمی‌آید قورتِتان بدهم! هاهاهاها...»

ماهی ریزه‌ها به‌اِلتِماس افتادند و گفتند : « حضرت آقای مرغ‌سقّا ! ما تعریف شما راخیلی وقت پیش شنیده‌ایم و اگر لطف کنید،مِنقارِ مُبارک را یک کمی باز کنید که ما بیرون برویم ، همیشه دعاگوی وجود مبارک خواهیم بود! »

مرغ سقّا گفت : « من نمی‌خواهم همین حالا شما را قورت بدهم ـ ماهی ذخیره دارم ؛ آن پایین را نگاه کنید...»

چند تا ماهیِ گُنده و ریزه تَهِ کیسه ریخته بود . ماهی‌های ریزه گفتند:

« حضرت آقای مرغ‌سقّا! ما که‌کاری نکرده‌ایم، ما بی گناهیم ؛ این ماهی سیاه کوچولو ما را از راه در برده ...»

ماهی کوچولو گفت:« ترسوها! خیال کرده‌اید این مرغِ حیله گر، مَعدنِ بخشایش‌ست که اینطوری التماس می کنید ؟»

ماهی‌های ریزه گفتند : « توهیچ نمی‌فهمی چه داری می گویی ، حالا می‌بینی حضرتِ آقای مرغ سقّا چطورما را می‌بخشند و تورا قورت می‌دهند! »

مرغ سقّا گفت: « آره ، می‌بَخشَمِتان؛اما به‌یک شرط . »

ماهی‌های ریزه گفتند: « شرطِتان را بفرمایید ، قربان! »

مرغ سقّا گفت : «این ماهیِ فضول را خفه کنید تا آزادی‌تان را به‌دست بیاورید! »

ماهی سیاه کوچولو خودش را کنار کشید به‌ماهی ریزه‌ها گفت : «قبول نکنید! این مرغِ حیله گر می‌خواهد ما را به‌جانِ همدیگر بیندازد . من نقشه‌ای دارم... »

اما ماهی ریزه‌ها آنقدر درفکر رَهایی خودشان بودند که فکر هیچ‌چیزِ دیگر را نکردند و ریختند سرِ ماهی سیاهِ کوچولو . ماهی کوچولو به طرف کیسه عقب‌می‌نشست و آهسته می گفت:« ترسوها! به‌هرحال،گیر افتاده‌اید و راهِ فراری ندارید ؛ زورتان هم به‌من نمی‌رسد . »

ماهی‌های ریزه گفتند : « باید خفه‌ات کنیم ، ما آزادی می‌خواهیم ! »

ماهی سیاه گفت : « عقل از سَرِتان پریده ! اگر مرا خفه‌هم بکنید،بازهم راهِ فراری پیدا نمی‌کنید ؛ گولش را نخورید! »

ماهی ریزه‌ها گفتند : « تو این حرف را برای این می‌زنی که جانِ خودت‌را نجات بدهی ، وَگَرنَه،اصلا فکر ما را نمی‌کنی! »

ماهی سیاه گفت : « پس گوش کنید راهی نشانتان بدهم: من میان ماهی‌های بیجان،خودم را به‌مردن می‌زنم ؛ آنوقت ببینیم‌مرغ سقا شما را رها خواهد کرد یا نه ، و اگر حرف مرا قبول نکنید ، با این خنجر همه‌تان را می کشم یا کیسه را پاره‌

پاره می‌کنم و دَرمی‌روم و شما... »

یکی از ماهی‌ها وسطِ حرفش دوید و داد زد: « بس کن دیگر! من تحمل این حرف‌ها را ندارم... اوهو... اوهو... اوهو...»

ماهی سیاه، گریه‌ی او را که دید گفت: « این بچه‌ننه‌ی نازنازو را چرا دیگر همراه خودتان آوردید؟»

بعد خنجرش را درآورد و جلو چشم ماهی‌های ریزه گرفت. آن‌ها ناچار پیشنهاد ماهی کوچولو را قبول کردند. دروغکی باهم زد و خوردی کردند، ماهی سیاه خود را به‌مردن زد و آن‌ها بالا آمدند و گفتند:

«حضرت آقای مرغ سقّا، ماهی سیاه فضول را خفه کردیم...»

مرغِ سقا خندید و گفت: «کار خوبی کردید. حالا به‌پاداش همین کار، همه‌تان را زنده زنده قورت می‌دهم که توی دلم یک گردش حسابی بکنید!»

ماهی ریزه‌ها دیگر مجال پیدا نکردند؛ به‌سرعتِ برق از گلویِ مرغ سقّا رَد شدند و کارشان ساخته شد.

اما ماهی سیاه، همان وقت، خنجرش را کشید و به یک ضربت، دیواره‌ی کیسه را شکافت و در رفت. مرغ سقّا، از درد، فریادی کشید و سرش را به‌آب کوبید، اما نتوانست ماهی کوچولو را دنبال کند.

ماهی سیاه رفت و رفت، و باز هم رفت، تا ظهر شد. حالا دیگر کوه و دره تمام‌شده بود و رودخانه از دشتِ همواری می‌گذشت. از راست و چپ، چند رودخانه‌ی کوچکِ دیگر هم به‌آن پیوسته بود و آبش را چندبرابر کرده بود. ماهی سیاه از فراوانی آب لذت می‌برد. ناگهان به‌خود آمد و دید آب ته ندارد. اینور رفت. آنور رفت. به‌

جایی بر نخورد. آنقدر آب بود که ماهی کوچولو تویش گم شده بود! هرطور که دلش خواست شنا کرد و باز سرش به جایی نخورد. ناگهان دید یک حیوان دراز و بزرگ، مثل برق به طرفش حمله می‌کند. یک ارّه‌ی دو دَم جلو دهنش بود. ماهی کوچولو فکر کرد همین حالاست که ارّه‌ماهی تِکه تِکه‌اش بکند؛ زود به‌خود جنبید و جا خالی کرد و آمد روی آب، بعد از مدتی، دوباره رفت زیرِ آب که ته‌دریا را ببیند. وسط راه به یک گله ماهی برخورد - هزارها هزار ماهی! از یکیشان پرسید:

«رفیق! من غریبه‌ام، از راه‌های دور می‌آیم، اینجا کجاست؟»

ماهی، دوستانش را صدا زد و گفت: «نگاه کنید! یکی دیگر...»

بعد به ماهی سیاه گفت: «رفیق، به دریا خوش‌آمدی!»

یکی دیگر از ماهی‌ها گفت: «همه‌ی رودخانه‌ها و جویبارها به اینجا می‌ریزند، البته بعضی از آن‌ها هم به‌باتلاق فرو می‌روند.»

یکی دیگر گفت: «هروقت دلت خواست، می‌توانی داخل دسته‌ی ما بشوی.»

ماهی سیاه کوچولو شاد بود که به دریا رسیده‌است، گفت:

«بهترست اول گشتی بزنم، بعد بیایم داخل دسته‌ی شما بشوم. دلم می‌خواهد این دفعه که تورِ مردِ ماهیگیر را دَرمی‌بَرید، من‌هم همراه شما باشم.»

یکی از ماهی‌ها گفت: «همین زودی‌ها به‌آرزویت می‌رسی. حالا برو گشتت‌را بزن؛ اما اگر روی‌آب رفتی مواظب ماهیخوار باش که این روزها دیگر از هیچکس پروایی ندارد، هرروز تا چهار پنج ماهی شکار نکند، دست از سَرِ ما برنمی‌دارد.»

آنوقت ماهی سیاه از دسته‌ی ماهی‌های دریا جدا شد و خودش بەشنا کردن‌پرداخت. کمی بعد، آمد به‌سَطح دریا. آفتابِ گرم می‌تابید، ماهی‌سیاه کوچولو گرمیِ

سوزان آفتاب را بر پشتِ خود حس می‌کرد و لذّت می‌برد. آرام و خوش، در سطحِ دریا شنا می‌کرد و به‌خودش می‌گفت:

«مرگ خیلی آسان می‌تواند اَلآن به سُراغ من بیاید، امّا من تا می‌توانم زندگی کنم نباید به‌پیشواز مرگ بروم. البته اگر یک‌وقتی ناچار با مرگ روبرو شدم ـ که می‌شوم ـ مهم نیست؛ مهم این ست که زندگی یا مرگِ من، چه اثری در زندگی دیگران داشته باشد...»

ماهی‌سیاه کوچولو نتوانست فکر و خیالش را بیشتر از این دنبال کند، ماهیخوار آمد و او را برداشت و برد. ماهی کوچولو لای منقارِ درازِ ماهیخوار، دست و پا می‌زد، اما نمی‌توانست خودش را نجات بدهد. ماهیخوار کَمَرگاهِ او را چنان سِفت و سخت گرفته بود که داشت جانش درمی‌رفت! آخر، یک ماهی کوچولو چقدر می‌تواند بیرون از آب زنده بماند؟ ماهی فکر کرد که کاش ماهیخوار همین حالا قورتش بدهد تا دَستِ‌کم آب و رطوبتِ داخلِ شکم او، چند دقیقه‌یی جلو مرگش را بگیرد. با این فکر، به ماهیخوار گفت:

«چرا مرا زنده‌ـ‌زنده قورت نمی‌دهی؟ من از آن ماهی‌هایی هستم که بعد از مردن، بدنشان پر از زَهر می‌شود.»

ماهیخوار چیزی نگفت، فکر کرد: «آی حقّه‌باز! چه کَلَکی تو کارت ست؟ نکند می‌خواهی مرا به‌حرف بیاری که در بروی؟»

خشکی از دور نمایان شده بود و نزدیکتر و نزدیکتر می‌شد. ماهی‌سیاه فکر کرد: «اگر به خشکی برسیم، دیگر کار تمام است.» این بود که گفت:

«می‌دانم که می‌خواهی مرا برای بچه‌هات ببری؛ اما تا به‌خشکی برسیم، من

مرده‌ام و بدنم کیسه‌ی پُر زهری شده. چرا به بچه‌هات رحم نمی‌کنی؟»

ماهیخوار فکر کرد: «احتیاط هم خوب کاری‌ست! تو را خودم می‌خورم و برای بچه‌هایم ماهی دیگری شکار می‌کنم... اما ببینم، کلکی تو کار نباشد؟ نه. هیچ کاری نمی‌توانی بکنی!»

ماهیخوار در همین فکرها بود که دید بدن ماهیِ سیاه،شُل و بیحرکت ماند. باخودش فکر کرد:

یعنی مرده؟ حالا دیگر خودم هم نمی‌توانم اورا بخورم؛ ماهیِ به این نرم و نازکی را بیخود حرام کردم!

این بود که ماهی سیاه‌را صدا زد که بگوید: «آهای کوچولو! هنوز نیمه جانی داری که بتوانم بخورمت؟»

اما نتوانست حرفش‌را تمام کند؛ چون همینکه منقارش را باز کرد، ماهی‌سیاه جِستی زد و پایین افتاد. ماهیخوار دید بَد جوری کلاه سرش رفته، افتاد دنبال ماهی‌سیاه کوچولو. ماهی مثل برق در هوا شیرجه می‌رفت، از اشتیاقِ آبِ دریا،بیخود شده بود و دَهَنِ خشکش را به باد مرطوب دریا سپرده بود؛ اما تا رفت توی‌آب و نفسی تازه‌کرد، ماهیخوار مثل برق سَر رسید و این بار،چنان به سرعت ماهی را شکارکرد وقورت داد که ماهی تامدتی‌نفهمید چه بلایی به‌سرش‌آمده،فقط حس‌می‌کرد که همه‌جا مرطوب وتاریک ست وراهی‌نیست وصدای‌گریه‌می‌آید.وقتی چشم‌هایش به تاریکی عادت کرد، ماهی بسیار ریزه‌یی را دید که گوشه‌ای کِز-کرده بود و گریه می‌کرد و ننه‌اش را می‌خواست. ماهی سیاه نزدیک شد و گفت:

«کوچولو! پاشو در فکر چاره‌یی باش، گریه می‌کنی و ننه‌ات را می‌خواهی که چه؟»

ماهی ریزه گفت: «تو دیگر... کی هستی؟... مگر نمی‌بینی.... دارم... دارم از بین... می‌روم؟... اوهو... اوهو... اوهو.. .ننه..

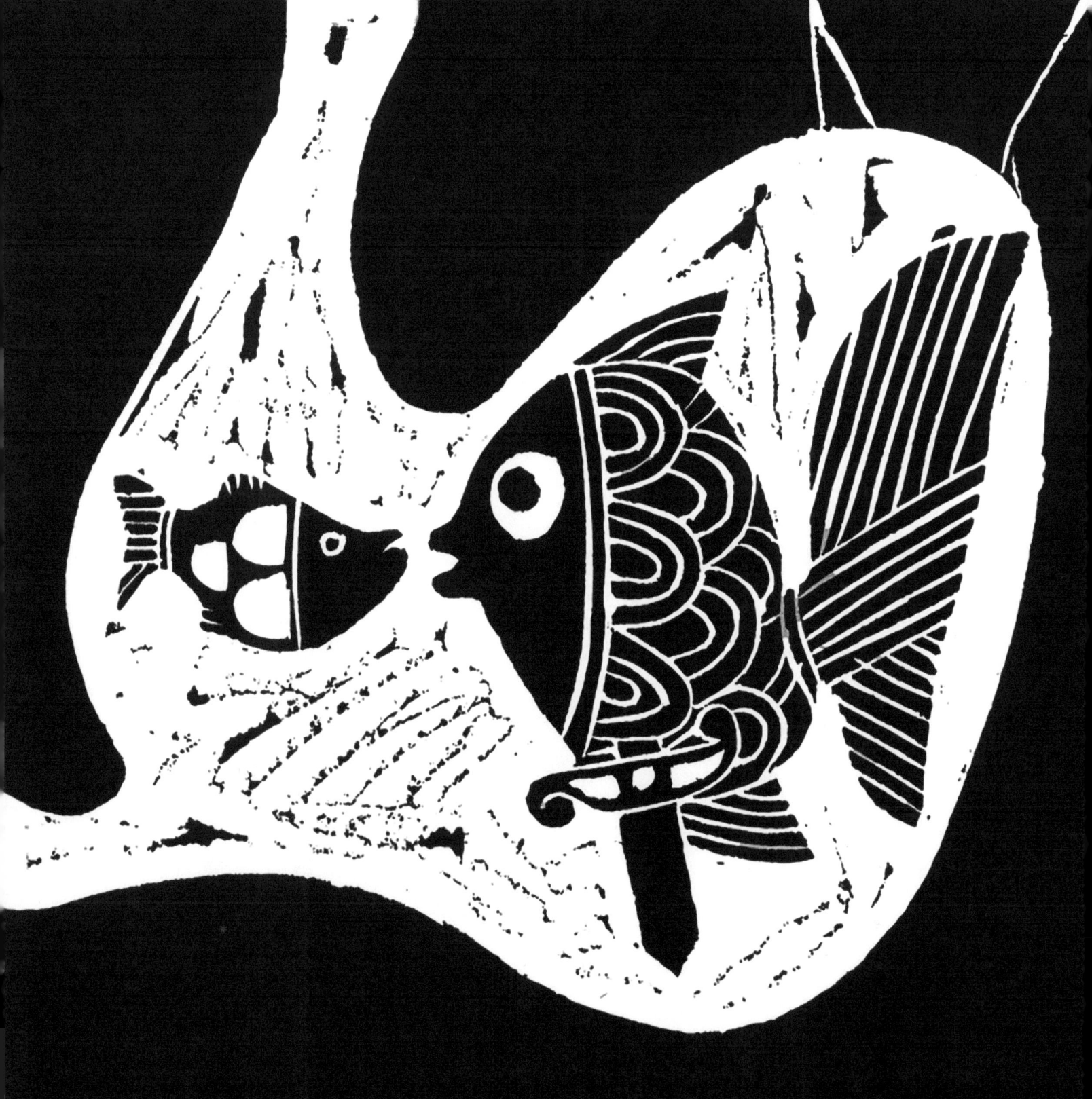

من . . . من دیگر نمی‌توانم با تو بیایم تور ماهیگیر را ته دریا بِبَرم . . . اوهو . . . اوهو ! »

ماهی کوچولو گفت : «بس کن بابا ، تو که آبروی هر چه ماهی‌ست ، پاک بردی ! »

وقتی ماهی ریزه جلو گریه‌اش را گرفت ، ماهی کوچولو گفت :

«من می‌خواهم ماهیخوار را بِکُشم و ماهی‌ها را آسوده کنم ، اما قبلا باید تو را بیرون بفرستم که رسوایی بار نیاوری.»

ماهی ریزه گفت : «تو که خودت داری می میری، چطوری می‌خواهی ماهیخوار را بکشی ؟»

ماهی کوچولو خنجرش را نشان داد و گفت :

« از همین تو، شکمش را پاره می‌کنم . حالا گوش کن ببین چه می گویم : من شروع می کنم به وول خوردن و اینوَر و آنوَر رفتن ، که ماهیخوار قِلقِلَکش بشود و همینکه دهانش باز شد و شروع کرد به قاه قاه خندیدن ، تو بیرون بپر . »

ماهی ریزه گفت : «پس خودت چی ؟»

ماهی کوچولو گفت : « فکر مرا نکن . من تا این بدجنس را نکشم ، بیرون نمی آیم . »

ماهی سیاه این را گفت و شروع کرد به وول خوردن و اینور و آنور رفتن و شکم ماهیخوار را قلقلک دادن . ماهی ریزه ، که دمِ درِ معده‌ی ماهیخوار ، حاضر ایستاده بود . تا ماهیخوار دهانش را باز کرد و شروع کرد به قاه قاه خندیدن ، ماهی ریزه

از دهان ماهیخوار بیرون پرید و در رفت و کمی بعد در آب افتاد ؛ اما هر چه منتظر ماند،از ماهی سیاه خبری نشد . ناگهان دید ماهیخوار همینطور پیچ و تاب‌می‌خورد و فریاد می‌کشد ، تا اینکه شروع کرد به‌دست و پا زدن و پایین‌آمدن‌و بعد ، شِلپّی افتاد توی آب و باز دست وپا زد تا ازجُنب وجوش افتاد،اما از ماهی سیاه کوچولو هیچ خبری نشدو تا به حال هم هیچ خبری نشده ...

ماهی پیر قصه‌اش را تمام کرد و به‌دوازده هزار بچه و نوه‌اش گفت :

« دیگر وقت خواب ست بچه‌ها، بروید بخوابید . »

بچه ها و نوه ها گفتند : «مادر بزرگ ! نگفتی آن ماهی ریزه چطور شد .»

ماهی پیر گفت : «آن‌هم بِماند برای فردا شب . حالا وقت خواب ست ، شب‌به‌خیر !»

یازده هزار ونهصد و نود و نه ماهی کوچولو « شب به‌خیر » گفتند و رفتند خوابیدند . مادر بزرگ هم خوابش برد،اما ماهی سرخ کوچولویی هر چقدر کرد، خوابش نبرد ، شب تا صبح همه‌اش در فکر دریا بود ...